L'ADVLTERE

INNOCENT.

III. NOVVELLE

De Mᴿ SCARRON.

A PARIS,

Chez ANTOINE DE SOMMAVILLE,
au Palais, fur le deuxiéme Perron
allant à la Sainte-Chapelle,
à l'Efcu de France.

———

M. DC. LVI.

Auec Priuilege du Roy.

A

MONSIEVR

LE MARQVIS

DE

MARCILLY,

LIEVTENANT GE-
NERAL DES ARME'ES
du Roy, &c.

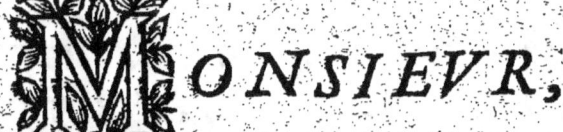*M*ONSIEVR,

Encore que le temps soit peu
fauorable à ceux qui se meslent

ã ij

EPISTRE.

aujourd'huy d'écrire, & que plusieurs d'entre-eux possedez d'un esprit de Critique, facent la guerre mesme aux Escrivains les plus renommez, ie n'ay pas peur qu'on me la face: mes ouurages se conseruent par leur petitesse; ie ne les estime pas beaucoup, & ie ne méprise jamais ceux des autres. Mais quand les plus Misantropes d'entre les Confreres en Apollon, me jugeroient digne de leur chagrin, ie ne laisserois pas de faire imprimer ma Nouuelle, & de vous la dedier, pour vous faire vn remerciement public d'vne gran-

EPISTRE.

de obligation que ie vous ay.
Quand vn homme de mon hu-
meur reçoit des plaisirs qu'il
ne peut rendre, il n'y peut son-
ger sans inquietude, et ie vous
auoue que quelque satisfaction
que ie trouue dans l'honneur
que vous me faites de me vi-
siter souuent, j'ay beaucoup
de confusion quand ie vous re-
garde comme vne personne
auec qui ie ne seray jamais
quite, & à qui pour vn plai-
sir solide qu'elle a fait à vn de
mes amis, ie ne puis rendre
qu'vn compliment. Quelqu'vn
peut-estre, & peut-estre que ce
quelqu'vn ne sera qu'vn sot;

EPISTRE.

quelqu'vn donc fot ou non, di-
ra que cette troifiéme Nouuelle n'eſt pas ſi enjoüée que les
autres, comme s'il ne depen-
doit pas de moy d'en faire de
ſerieuſes toutes les fois que i'en
auray enuie, ou comme ſi i'e-
ſtois tenu de le ſeruir ſelon ſon
gouſt. Qu'il luy ſuffiſe que ie
l'ay voulu faire telle, comme il
me ſuffit pour la donner au
Public qu'elle vous ait pleu,
& que lors que ie vous en ay
conté le ſujet, vous auez pris
plaiſir à l'entendre. Apres m'e-
ſtre mis en deuoir de rendre autant que ie le puis, ce que ie dois
à voſtre generoſité, ie deurois

EPISTRE.

m'aquiter auffi de ce que ie dois auec toute la France à vn me-rite extraordinaire comme le voftre. Ie devrois m'eftendre fur voftre efprit, fur voftre cou-rage, & fur tout ce que vous auez fait à la guerre, pour eftre dés voftre jeuneffe vn vieil Lieutenant General dans les armées du Roy. Ie deurois que-reller la Fortune pour vous, de ce qu'il femble que jufqu'icy, elle vous ait plus puny que re-compenfé, vous ayant condam-né dés l'âge de trente-ans à vne perpetuelle Bequille, apres vous auoir fait caffer les jambes de coups de moufquet. Mais vous

EPISTRE.

n'aymez pas d'estre loüé en face, et ie n'apprendrois à tout le mōde que ce qu'il sçait desia. Ie veux donc seulement luy apprendre, que si ie ne connoissois ce que vous valez, comme ie fay, ie ne serois pas passionnément, comme ie suis,

MONSIEVR,

Vostre tres-humble & tres-obeïssant seruiteur,
SCARRON.

L'ADVLTERE INNOCENT.

LA Cour d'Espagne estoit fort crottée, puis qu'elle estoit à Valladolid, où l'on se crotte pour le moins autant qu'à Paris, à ce que dit vn fameux Poëte Espagnol, quand vne des plus froides nuits d'vn hyuer qui auoit esté bien froid, & à l'heure que la plus-part

A

des Conuents sonnoient Ma-
tines , vn ieune Gentilhomme nommé Dom - Garcias,
sortit d'vne maison où il auoit
passé le soir en conuersation,
ou à ioüer. Il entroit dans la
ruë où estoit son logis , &
quoy que la nuit fust fort ob-
scure , párce que le Ciel estoit
couuert , il n'auoit point de
flambeau , soit que son Laquais eust perdu le sien , ou
qu'il fust homme à s'en passer,
lors que d'vne porte qui s'ouurit tout à coup, on mit de-
hors auec violence vne personne que l'on poussa si im-
petueusement , qu'elle vint

tomber à ſes pieds de l'autre
coſté de la ruë où il eſtoit.
S'il fut ſurpris d'vne auanture
ſi extraordinaire, il le fut bien
dauantage, quand voulant
donner la main à cette perſonne ſi mal traittée, il ſentit
qu'elle eſtoit en chemiſe, &
l'entendit ſoûpirer & ſe
plaindre, ſans faire le moindre effort pour ſe releuer. Il
ne douta plus qu'elle ne ſe fuſt
bleſſée en tombant, & à l'ayde de ſon Laquais, qui s'eſtoit
approché de luy, l'ayant re-
miſe ſur ſes pieds, il luy demanda ce qu'il pouuoit faire
pour ſon ſeruice. Vous me

pouuez fauuer la vie & l'honneur, luy refpondit cette perfonne Inconnuë, d'vne voix
entre-coupée de fanglots, &
qui luy fit connoiftre que c'e-
ftoit vne femme : Ie vous con-
jure, adioufta-t-elle, par la
mefme generofité qui vous
rend fecourable à mon mal-
heur, de me mettre à couuert
en quelque lieu que ce puiffe
eftre, pourueu qu'il ne foit
fceu que de vous, & de ceux
dont la fidelité vous fera connuë. Dom Garcias la couurit
de fon manteau, & comman-
dant à fon Laquais de l'ayder
à marcher d'vn cofté, comme

il faisoit de l'autre, il arriua
bien-tost à la porte de son logis, où tout le monde estoit
couché, à la reserue d'vne ser-
uante, qui en ouurit la porte,
pestant furieusement contre
ceux qui la faisoient veiller si
tard. Le Laquais ne luy répondit qu'en soufflãt sa chan-
delle, & cependant qu'elle
alla chercher de la lumiere luy
disant cét injures, Dom-Garcias conduisit, ou plustost
porta dans sa chambre, qui
estoit en vn premier estage,
la Dame affligée, qui auoit
bien de la peine à se soustenir.
Son laquais apporta de la lu-

mlere , & lors Dom- Garcias
vit vne des plus belles femmes
d'Espagne , qui luy donna
tout d'vn temps de l'amour,
& de la pitié. Ses cheueux
estoient d'vn noir brillant
comme du jais ; son teint de
lys & de roses ; ses yeux pour
le moins deux soleils ; sa gorge au dessus de toute compa-
raison ; ses bras admirables;
ses mains encore plus que ses
bras ; & sa taille comme d'vne
Reyne que l'on se seroit faite
soy-mesme: Mais ces cheueux
noirs estoient en desordre ; ce
teint éclatant estoit terny ; ces
yeux brillans estoient pleins

de larmes; cette gorge incom-
parable estoit meurtrie ; ces
bras, & ces mains n'estoient
pas en meilleur estat ; enfin
ce beau corps de si belle taille
estoit tout couuert de marques noires & sanglâtes, comme de coups d'estriuieres, de
baudrier, ou de quelque chose aussi rude. Si Dom-Garcias estoit rauy de voir vne si
belle personne, cette belle
personne estoit fort troublée
de se voir en l'estat où elle
estoit, au pouuoir d'vn Inconnu, qui ne paroissoit pas
auoir vingt-cinq ans. Il s'en
apperceut, & fit tout ce qu'il

put pour luy perſuader qu'elle ne deuoit rien craindre d'vn
Gentilhomme, qui ſe tien-
droit heureux de mourir pour
ſon ſeruice. Cependant ſon
Laquais fit vn petit feu de
charbon; car en Eſpagne on
ne ſe chauffe guere autre-
ment, & c'eſt ſans doute ſe
chauffer mal. Il mit des draps
blancs, ou il en dut mettre,
dans le lit de ſon Maiſtre, qui
ayant donné le bon ſoir à la
Dame, la laiſſa en poſſeſſiõ de
ſa chambre, dont il ferma la
porte à double tour ſur elle, &
s'alla coucher, ie n'ay pas ſceu
ſous quel pretexte, auec vn

Gentilhomme de ses amis qui
logeoit dans le mesme logis. Il
dormit vray-semblablement
mieux que son Hostesse, qui
ne cessa point de pleurer tant
que la nuit dura. Le iour vint,
& Dom-Garcias s'ajusta, &
se fit le plus beau qu'il pût. Il
presta l'oreille à la porte de
sa chambre, & ayant oüy
la pauure Dame qui s'affli-
geoit encore, il ne fit point
de difficulté d'entrer. Aussi-
tost qu'elle le vit, son affliction reprit de nouuelles forces : Vous voyez, luy dit-elle,
vne femme, qui estoit hier la
plus estimée de Valladolid, &

qui eſt auiourd'huy dans la
derniere infamie, & plus en
eſtat de faire pitié, qu'elle ne
l'a eſté autrefois de donner de
l'enuie : mais quelque grand
que ſoit le malheur où ie me
trouue, le ſecours que vous
m'auez donné ſi à propos, y
peut encore aporter quelque
remede, ſi apres m'auoir gar-
dée dans voſtre chambre iuſqu'au ſoir, vous me faites conduire en chaize, ou en caroſſe,
dans vn Conuent que ie vous
diray. Mais, adiouſta-t-elle,
apres toutes les obligations
que ie vous ay, dois-je encore
vous prier de prendre la peine

d'aller en mon logis ; de vous
informer de ce qu'on y fait, &
de ce qu'on y dit ; & enfin, de
sçauoir de quelle façon l'on
parle dans la Cour & dans la
Ville, de la malheureuse que
vous auez si genereusement
protegée. Dom-Garcias, auec
l'empressement d'vn homme
qui commence d'aymer, s'offrit d'aller par tout où elle
voudroit. Elle luy donna
les adresses necessaires ; il
la quitta auec promesse de reuenir bien-tost, & elle se re-
mit à s'affliger aussi fort que
si elle n'eust fait que de com-
mencer. Dom-Garcias ne fut

pas vne heure à reuenir , &
ayant trouué fa belle Hoftefle
fort allarmée, cóme fi elle euft
defia fceu qu'il luy apportoit
de mauuaifes nouuelles : Madame , luy dit-il, fi vous eftes
Eugenie la femme de Dom-
Sanche , i'ay appris des chofes
où vous eftes bien intereffée.
Eugenie a difparu, & Dom-
Sanche eft entre les mains de
la Iuftice, accufé de la mort
de Dom-Louis fon frere.
Dom-Sanche eft innocent,
dit-elle; ie fuis fa malheureu-
fe Eugenie , & Dom-Louis
eftoit le plus méchant de tous
les hommes. Ses pleurs qui fe

deborderent tout à coup, &
ses sanglots qui redoublerent
leur violence, ne luy permirent pas de parler dauantage,
& ie croy que Dom-Garcias,
n'estoit pas cependant peu
empesché à se bien composer
à la tristesse. Enfin, comme les
choses violentes ne sont pas
de durée, la douleur d'Eugenie se modera vn peu ; elle
essuya ses larmes, ne soûpirant
plus de toute sa force ; & reprit la parole en ces termes.
Ce n'est pas assez que vous
sçachiez le nom & la qualité
de la malheureuse que vous
auez tant obligée en si peu de

temps, elle veut vous informer des particularitez de sa
vie, & reconnoistre en quelque façon par cette confidence, l'extreme obligation qu'elle vous a. Ie suis, poursuiuit-
elle, de l'vne des meilleures
maisons de Valladolid. Ie suis
née riche, & auec assez de
beauté pour en auoir esté vai-
ne, sans qu'on y ait trouué à
redire. Les charmes de ma
personne m'attirerent plus de
galans que ceux de mon bien,
& la reputation de l'vn & de
l'autre, me donna des Adora-
teurs, dans les villes d'Espagne les plus éloignées. Entre

tous ceux qui crurent fe rendre heureux en me poffedant,
Dom-Sanche & Dom-Louis,
deux freres également par-
tagez des biens de la fortune
& de la nature, fe fignalerent
par l'excez de leur paffion, &
par l'émulation qu'ils firent
paroiftre à qui me rendroit le
plus de feruices. Mes parens
fe declarerent en faueur de
Dom-Sanche qui eftoit l'aî-
né, & mon inclination fuiuit
leur choix, & me donna toute entiere à vn homme de
quarante ans paffez, qui par
la douceur de fon humeur, &
par l'extreme foin qu'il eut

toufiours de me plaire, fe mit
aufli auant dans mon ame,
qu'euft pû faire vne perfonne
dont l'âge euft efté plus pro-
portionné au mien. Les deux
freres, pour auoir efté Riuaux,
n'en auoient pas moins bien
vefcu enfemble, & Dom-
Sanche, en me poffedant, ne
perdit point l'amitié de fon
frere Dom-Louis. Leurs mai-
fons eftoient iointes, ou plû-
toft n'eftoient qu'vne feule
maifon, puis que la muraille qui les feparoit, auoit vne
porte, qui d'vn commun con-
fentement, ne fe fermoit ny
d'vn cofté, ny d'autre. Dom-
Louis

Louis ne se cachoit point de
son frere pour me rendre les
mesmes deuoirs qu'il me rendoit, tandis qu'il estoit son Riual, & Dom-Sanche qui auoit
augmenté son amour par la
jouïssance, & qui m'aymoit
plus que sa vie, luy sçauoit
bon gré de ses galanteries. Il
me nommoit luy-mesme la
Maistresse de son frere, qui de
son costé faisoit passer vne
amour veritable, pour vne
feinte, auec tant d'adresse,
que ie n'estois pas seule à m'y
tromper. Enfin, apres m'a-
uoir accoustumée à me parler
de sa passion deuant tout le

móde, il m'en parla en particulier auec tant d'importunité,
& fi peu de refpect, que ie ne
doutay plus de fon amour cri-
minelle. Toute ieune que i'e-
ftois, i'eus affez de prudence
pour luy vouloir dóner lieu de
faire encore paffer la chofe
pour vne feinte. Ie pris en jeu
tout ce qu'il me dit ferieufe-
ment, & quoy que ie n'aye iamais efté plus en colere que ie
le fus alors, iamais ie ne m'ef-
forçay dauantage de ne fortir
point de mó enioüemét ordinaire. Il s'en irrita, au lieu d'en
faire fon profit, & me regar-
dant auec des yeux que fes

mauuais deſſeins rendoient
égarez : Non non, Madame,
me dit-il, ie feins bien moins
depuis que ie vous ay perduë,
que ie ne faiſois quand ie vous
pouuois encore eſperer ; &
quoy que voſtre rigueur ſoit
aſſez grande pour vous deli-
urer bien-toſt d'vn amour
qui vous importune, vous
m'auez ſi bien accouſtumé à
ſouffrir que vous ferez encore
mieux de. … De ne me trouuer plus ſeule auec vous, l'in-
terrõpis-ie. Vne de mes femmes qui entra dans ma chambre l'empeſcha de porter plus
loin ſon inſolence, & moy de

luy en tefmoigner mon reffentiment , autant que i'en
auois de fuiet, & que i'y eftois
difpofée. Ie fus depuis bien
aife de ne l'auoir pas fait, par la
confideration de mon Mary,
& i'efperay que ce méchant
frere m'aymeroit moins , &
viendroit enfin à m'eftimer
dauantage ; mais il continua
de feindre deuant le monde,
& de m'importuner en particulier. Ie me feruis contre fes
tranfports de toute la feueri-
té dont ie fus capable, iufqu'à
le menacer d'en auertir fon
frere. Ie me feruis de tout
mon efprit pour guerir le fien.

Ie priay , ie pleuray, ie luy
promis de l'aymer comme
mon frere ; mais il vouloit
estre aymé comme vn Amant.
Enfin tantost souffert, tantost
mal-traité , & tousiours autant amoureux que haï, il
m'eust réduë la plus mal-heu-
se femme d'Espagne , si ma
conscience qui ne me pou-
uoit rien reprocher , n'eust
conferué la tranquillité dans
mon ame. Mais enfin , ma
vertu qui m'auoit tousiours
si bien deffenduë contre vn si
dangereux ennemy , m'aban-
donna, parce que ie l'abádon-
nay , & que ie me trahis moy-

mesme. La Cour vint à Valladolid, & y apporta la galan-
terie. Comme toutes les choses nouuelles plaisent , nos
Dames crurent voir dans les
Courtisás ce qu'elles ne trouuoient point dans les plus galans de la ville, & les Courti-
sans tâcherent de plaire à nos
Dames , qu'ils consideroient
peut-estre comme des con-
questes asseurées. Entre les
Caualiers qui suiuoient la
Cour, pour y estre recompen-
sez de leurs seruices, vn Portugais nommé Andrade s'y
estoit rendu considerable par
son esprit, & par sa bonne-mi-

ne, & plus encore par sa dé-
pence, charme le plus puif-
fant des Dames fans experien-
ce, qui iugent de la beauté de
l'ame par celle du train & des
habits. Il n'auoit pas beaucoup de bien; mais le jeu le
rendoit maiftre de celuy des
autres, & fon gain le faifoit
paroiftre autant que les plus
riches & les plus magnifiques
de la Cour. Ie fus affez mal-
heureufe pour luy plaire, &
lors que ma vanité, & les foins
qu'il me rédit, m'eurent per-
fuadé que ie luy plaifois, ie me
crus la plus heureufe femme
de ma condition. I'aurois pei-

ne à vous exprimer combien
il sçauoit se faire aymer, &
iusqu'à quel excez ie l'aimay.
Ce Mary si bon, si cher, & si
respecté me deuint aussi mé-
prisable qu'odieux ; Dom-
Louis me parut plus haissable
qu'il n'auoit encore esté; rien
ne me plaisoit qu'Andrade;
Ie n'aymois que luy, & par
tout où ie ne le voyois pas,
i'estonnois tout le monde de
mes distractions, & de mes
inquietudes. Andrade ne
m'aimoit pas auec plus de
tranquillité. Sa passion domi-
nante de iouër ceda à son
amour ; ses presens gagnerent

mes femmes ; ſes lettres, & ſes
vers me charmerent , & ſes
muſiques donnerent à penſer
à tous les Maris de ma ruë.
Enfin il m'attaqua ſi bien , ou
ie me deffendis ſi mal que ie
me rendis. Ie luy promis tout
ce que ie luy pouuois dóner,
& nous ne fûmes plus en peine
que du lieu, & de l'heure com-
mode. Mon Mary fut d'vne
partie de chaſſe qui le deuoit
retenir pluſieurs iours à la
campagne. l'en fis aduertir
mon cher Portugais, & nous
remiſmes l'execution de nos
amoureux deſſeins à la nuict
du iour que mon Mary ſorti-

roit de la ville. Ie deuois laiffer à vne certaine heure la
porte de derriere d'vn iardin
ouuerte, & fous pretexte d'y
paffer vne partie de la nuit, à
caufe de l'extreme chaleur,
ie deuois faire dreffer vn lit
de camp dans vn petit cabinet de charpente, ouuert de
tous les coftez, & enuironné
d'Orengers & de Iafmins. Enfin mon Mary fortit de Valladolid, & ce iour-là me fembla
le plus long de ma vie. La
nuit vint, & mes femmes
m'ayant dreffé vn lit dans le
iardin, ie feignis deuant elles
vne extréme enuie de dormir,

& aussi-tost qu'elles m'eurét
deshabillée, ie leur comman-
day de s'aller coucher, à la reserue d'vne femme de chäbre
qui sçauoit le secret de mon
amour. A peine estois-ie couchée, & cette fille qui auoit
nom Marine, auoit elle fermé
la porte du iardin du costé du
logis, & ouuert celle de derriere , quand mes femmes
vinrent m'aduertir que mon
Mary venoit d'arriuer. Ie n'eus
que le temps de faire refermer
la porte que i'auois fait ouurir
pour receuoir Andrade. Mon
Mary me vint faire ses caref-
ses ordinaires, & vous pou-

uez penſer comme ie les receus. Il me dit qu'il auoit eſté
contraint de reuenir, parce
que le Caualier qui l'auoit
mené à la chaſſe, eſtoit tom-
bé de ſon cheual, & s'eſtoit
rompu vne iambe; & en ſui-
te il loüa mon bon eſprit de
choiſir ſi bien vne place où
me deffendre du chaud, & a-
jouſta qu'il y vouloit auſſi paſſer la nuit. Il ſe fit deshabiller
en meſme temps, & ſe cou-
cha aupres de moy. Tout ce
que ie pus faire, ce fut de cacher le mieux qu'il m'eſtoit
poſſible le déplaiſir que i'a-
uois de ſon retour, & de luy

témoigner par des careſſes
forcées que les ſiennes m'e-
ſtoient ſenſibles. Andrade
cependât vint à l'aſſignation,
& ayant trouué la porte fer-
mée qu'il deuoit trouuer ouuerte, il ſauta à l'aide de ſon
valet de chambre par deſſus
les murailles du iardin, où il
auoit eſperé de paſſer la nuit
auecque moy. Il m'a depuis
auoüé qu'il auoit pris vn ſi
hardy & ſi impetueux deſ-
ſein, par vn pur motif de ia-
louſie; & qu'il ne douta point
qu'vn Riual plus heureux &
premier que luy dans mon
cœur, ne iouïſt du bien qu'on

luy auoit fait esperer. La pensée qu'il eut, que peut-estre ie
me diuertissois à ses despens
auec mon Galant, le mit en
vne telle colere qu'il ne resolut pas moins que de me mal-
traitter, si ce qu'il soupçon-
noit se trouuoit veritable, &
de se porter contre son Riual
aux dernieres extremitez. Il
s'aprocha du cabinet où nous
estions couchez, faisant le
moins de bruit qu'il pût. La
Lune estoit fort claire, ie le
vis d'abord qu'il entra, & ie
le reconnus ; il me vit fort effrayée, & luy faisant signe de
se retirer. Il ne discerna pas

d'abord fi la perfonne qui
eſtoit couchée auec moy,
eſtoit mon Mary, ou vn autre;
mais remarquant fur mon vifage moins d'effroy que de
confufion & de honte, &
voyant fur vne table l'habit, & les plumes, qu'il auoit
veuës à mon Mary le mefme
iour, & qui eſtoient auffi fin-
gulieres que remarquables, il
ne put plus douter que ie ne
fuffe couchée auec Dom-Sanche, qu'il voyoit alors dormir auec plus de tranquillité
que n'auroit fait vn Galant;
mais il ne laiffa pas de s'appro-
cher du coſté du lit où i'eſtois

couchée , & de me prendre
vn baiser dont ie ne me pûs
deffendre, dans la peur où i'e-
ftois que mon Mary ne s'é-
ueillaft. Il ne voulut pas m'ef-
frayer dauantage ; il fortit le-
uant les yeux au Ciel ; hauf-
fant les épaules ; enfin faifant
l'action d'vn homme extré-
mement affligé , & repaſſa
pardeſſus la muraille du iardin , auec la mefme facilité
qu'il auoit defia fait. Dés le
matin, ie receus de fa part vne
lettre la plus paffionnée que
i'aye iamais leuë, & des vers
fort fpirituels contre la tyran-
nie des Maris. Il auoit paſſé
àles

àles faire ce qui luy resta de la
nuit, apres qu'il m'eust quit-
tée, & le iour que ie les receus, ie ne fis presque autre
chose que de les relire, quand
ie le pus faire sans témoins.
Nous ne fismes pas assez de
reflexiós sur le peril que nous
auions couru, pour auoir peur
de nous y exposer encore.
Mais, quand ie ne me serois
pas portée de moy-mesme à
luy accorder tout ce qu'il
me demádoit, & quand i'aurois moins aymé Andra-
de que ie ne faisois, ou que ie
n'aurois point cedé à la force
de ses lettres, ie me serois lais-

C

ſée aller aux perſuaſions de ma
femme de chambre, qui me
parloit inceſſamment en ſa faueur. Elle me reprochoit que
puiſque i'eſtois ſi peu hardie,
ie n'aymois guere Andrade,
& me parloit de la paſſion
qu'il auoit pour moy auec
autant de vehemence que ſi
elle eût voulu exprimer à quelque Galant celle qu'elle euſt
euë pour luy. Ie reconnus
par là qu'elle n'eſtoit pas des
moins ſçauantes au meſtier
qu'elle faiſoit ; & ie reconnus
auſſi combien il eſt important
de bien choiſir les perſonnes
que l'on met aupres de celles
de mon âge & de ma condi-

tion. Mais ie me voulois bien
perdre, & si elle eust esté plus
vertueuse qu'elle n'estoit, elle
auroit moins esté dans ma
confidence. Enfin, elle me fit
resoudre à consentir qu'elle
receust Andrade dans vne
garderobe voisine de ma châ-
bre, où elle couchoit seule, &
nous fûmes d'accord qu'aussi-
tost que mon Mary seroit endormy, elle se mettroit aupres de luy en ma place, tandis que ie passerois la nuict
auec Andrade. Il fut donc
caché dans ma garderobe;
mon Mary s'endormit, & ie
me preparois de l'aller trou-

uer auec toute l'émotion d'v-
ne perſonne qui deſire ardem-
ment, & qui a beaucoup à
craindre, quand vn effroyable bruit de voix confuſes qui
crioient au feu, frapa mes
oreilles & éueilla mon Mary;
dans le meſme temps ma
chambre s'emplit de fumée,
& ie vis au trauers des viſtres
que l'air eſtoit tout en feu.
Vne Negreſſe qui ſeruoit à la
cuiſine, y auoit mis le feu a-
pres s'eſtre enyurée, & l'on
ne s'en apperceut qu'alors
qu'ayant pris à du bois ſec, &
aux écuries voiſines, il commença de percer les plachers

de mon appartement. Mon
Mary eſtoit fort aimé. En vn
inſtant la maiſon fut pleine
des voiſins qui vindrent à noſtre ſecours. Mon Beau-frere
Dom-Louis, que le peril commun rendit plus diligent que
les autres, nous ſecourut des
premiers auec tous ſes gens,
& pouſſé de ſa paſſion, entra
dans ma chambre au trauers
des flammes qui gagnoient
deſia l'eſcalier. Il eſtoit en chemiſe, & n'auoit ſur luy que ſa
robbe de chambre dont il me
couurit, & m'ayant priſe entre ſes bras, plus morte que
viue du peril où eſtoit expoſé

Andrade plus que du mien
mesme, il me transporta chez
luy par la communication
que son logis auoit auec le nostre, & m'ayant mise dans son
lit, m'y laissa accompagnée
de quelques-vnes de mes femmes. Cependant mon Mary,
& tous ceux qui prenoient
part à l'accident, qui nous é-
toit arriué, y donnerent si
bon ordre, que le feu fut
esteint, apres auoir fait de
grands rauages. Andrade se
sauua facilement dans la confusion & dãs la presse de ceux
qui estoient venus nous secourir, & vous pouuez vous

figurer auec quelle ioye i'appris de Marine vne si agreable
nouuelle. Il m'écriuit le iour
d'apres cent folies sur lesquel-
les ie rencheris d'vn emporte-
ment encore plus grand que
le sien, & nous adoucissions
ainsi par nos lettres la peine
que nous souffrions de ne
nous pouuoir voir, Apres que
l'on eut fait reparer tous les
dommages que le feu auoit
faits, & que i'eus quité le logis
de Dom-Louis pour me re-
mettre dans le mien, Andrade n'eut pas grand'peine à me
faire consentir qu'il tentast
encore la mesme voye, qu'il

croyoit ne luy auoir manqué
que par vn malheur tout extraordinaire. La nuit mesme
que nous auions destinée à
nous recompenser de tout le
temps que des accidens si im-
preueus nous auoient fait
perdre, vn Caualier des amis
de mon Mary qui estoit en
peine pour vn duel, & qui
s'estoit retiré chez vn Ambas-
sadeur, où il ne se crut pas assez à couuert de la Iustice, fut
obligé de se cacher ailleurs.
Mon Mary l'amena secrette-
ment chez luy, & prit luy-
mesme la clef de la porte de
la ruë qu'il fit fermer en sa pre-

fence, de peur que quelque
valet indifcret ou méchant,
ne découurift la retraite que
fon amy auoit choifie. Cét
ordre qui me furprit & m'affligea extremément, ne venoit que d'eftre executé, quãd
Andrade fit entendre dans la
ruë vn fignal dõt il eftoit con-
uenu auec marine. Fort embar-
raffée, elle luy fit figne d'vne
ialoufie baffe qu'il attendift
vn moment. Nous tinfmes
confeil elle & moy, & enfuite
elle luy alla apprendre en peu
de paroles, & parlant le plus
bas qu'elle put, le nouuel ob-
ftacle qui s'oppofoit à nos de-

firs, & luy propofa d'attendre
que tout le monde fuft couché, pour entrer par vne petite feneftre de la cuifine qui
eftoit fort baffe, qu'elle iroit
luy ouurir. Rien ne parut dif-
ficile ny perilleux à Andrade,
pourueu qu'il contentaft fon
amour. Mon Mary fit, cou-
cher fon amy & fe coucha de
bonne-heure à mon exemple,
tous nos domeftiques en fi-
rét de mefme, & Marine, quád
elle crut tout le monde endormy, ouurit la petite
feneftre à Andrade qui en
moins de rien y paffa vne partie du corps ; mais fi impru-

demment & si mal-heureuse-
mér, qu'apres plusieurs efforts
qui luy nuisirent plus qu'ils ne
luy seruirent, il demeura engagé par la ceinture entre
des barreaux de fer de la fenestre , sans pouuoir auancer
ny reculer dauantage. Son
valet ne le pouuoit secourir
de la ruë ; Marine du lieu où
elle estoit, ne le pouuoit aussi, sans l'ayde d'vn autre. Elle
alla donc faire leuer vne ser-
uante de ses amies, à qui elle
auoüa que persuadée d'vn
Galant qu'elle aymoit beaucoup, & qui la deuoit épouser, elle auoit voulu le faire

entrer par la fenestre de la cui-
sine, & qu'il s'estoit engagé
le corps entre-deux barreaux,
dont il estoit impossible de le
dégager, sans les limer, où
les oster de leur place. Elle la
conjura de la venir secourir
à quoy l'autre fut bien-tost
preste ; mais faute d'vn mar-
teau, ou de quelqu'autre fer-
rement necessaire, le secours
de ces deux femmes eust esté
inutile à Andrade, s'il ne se
fust auisé luy-mesme de son
poignard, dont elles se seruirent si vtilement, qu'apres vn
furieux trauail, les barreaux
furent dépris de la muraille,

& il se vit deliuré de la terrible peur qu'il auoit d'estre
trouué si honteusement arre-
sté en vn lieu, où il ne pouuoit passer que pour vn voleur. Cela ne se put faire auec
si peu de bruit, que quelques-
vns de nos valets ne l'entendis-
sent, & ne regardassent dans
la ruë au mesme temps qu'Andrade emportant auec soy la
grille de fer où son corps
estoit entré auec violence,
couroit de toute sa force, sui-
uy de son valet. Les voisins &
nos gens crierent au voleur
apres eux, & l'on ne douta
point que des voleurs n'eus-

sent entrepris de voler la maison de Dom-Sanche, où l'on
voyoit vne grille ostée de sa
place.   Andrade cependant
arriué à son logis, se faisoit limer sur le corps la grille de fer
qui le serroit autant qu'vne
ceinture, & d'où son corps ne
pût iamais sortir comme il
estoit entré, quelques efforts
que son valet & luy pussent
faire. Ce troisiesme accident
le mit de fort mauuaise humeur à ce que i'ay sceu depuis:
Pour moy ie le pris tout au-
trement, & tandis que Marine encore effrayée m'en fit le
recit, ie pensay me faire ma-

lade à force de rire. Ie ne laiſ-
ſois pas auſſi bien qu'Andrade
d'auoir vn extréme déplaiſir
des mauuais ſuccez de nos en-
trepriſes : mais nos deſirs s'en
échaufferent , bien loin d'en
eſtre refroidis , & ne nous
permirent pas de differer plus
long - temps à les contenter,
que iuſqu'au iour qui ſuiuit la
nuit de cette plaiſante & mal-
heureuſe auanture. Mon mary eſtoit en ville pour accom-
moder les affaires de ſon a-
my, quile deuoient apparem-
mét occuper le reſte du iour.
I'enuoyay marine chez An-
drade qui ne demeuroit pas

loing de chez-moy. Elle le
trouua dans le lit, se sentant
encore des fatigues de la nuit
passée, & si rebuté de reussir
si mal en son amour, que Marine fut en quelque façó scan-
dalisée de voir auec quelle
froideur il receuoit les aduan-
ces que ie luy faisois, & de ce
qu'il témoignoit si peu d'im-
-patience de me venir trouuer,
quoy qu'elle luy representast
assez que l'occasion qui se pre-
sentoit, n'estoit pas à perdre.
Enfin donc, il me vint trouuer, & ie le receus auec tous
les transports de joye que pouuoit auoir vne personne toute
aban-

abandonnée à sa passion. I'en
estois si aueuglée que ie re-
marquay moins que Mari-
ne, l'indifference de l'accueil
qu'il me fit, quoi qu'elle ne fut
que trop visible. Mes caresses
pourtant attirerent enfin les
siennes. Desia nostre ioye
mutuelle ne pouuoit plus s'exprimer que par nostre silence,
& la pensée de ce que nous de-
siriós l'vn & l'autre auec tant
d'ardeur, me causoit vne confusion qui me faisoit éuiter
les regards d'Andrade, & qui
luy permettoit assez de tout
entreprendre, quand Mari-
ne, qui estoit sortie de ma

D

chambre par difcretion, y ren-
tra toute effrayée, me difant
que mon Mary eftoit reuenu.
Elle entraîna dans ma garderobbe Andrade plus mort que
vif, & paroiffant bien plus ef-
frayé que moy qui auois tant
de fujet d'eftre effrayée. Mon
Mary donna quelques ordres
à fes gens deuant que de monter à ma chambre. Le temps
qu'il y employa, me donna
celuy de me remettre, & à
Marine de vuider vn grand
coffre remply de hardes, &
d'y faire entrer Andrade. A
peine l'auoit-elle enfermé, que
mon Mary monta dans ma

chambre, & n'ayant fait que
me baifer en paffant, fans s'ar-
refter dauātage auecque moi,
entra dans ma garderobbe, &
y trouua vn liure de Come-
die qu'il ouurit par mal-heur.
Il s'arrefta fur quelque inci-
dent qui luy plut, & qui l'en-
gagea à vne lecture qui euft
duré plus long-temps, fi par
le confeil de Marine ie n'euffe
entré dans ma garderobbe,
pour l'empefcher de lire dauantage, & le faire reuenir
dans ma chambre. Mon mal-
heur ne s'en tint pas-là; Dom-
Sanche me trouuant reueufe
& inquiete, comme i'en auois

du sujet, voulut tâcher par sa
belle humeur de changer la
mienne. Iamais il ne tâcha
tant de me plaire, & de me di-
uertir, & iamais il ne me dé-
plut, & ne m'importuna dauantage. Ie le priay de sortir
de ma chambre, feignant vne
extréme enuie de dormir:
mais par vne mauuaise plai-
santerie qui ne luy estoit pas
ordinaire, il me tint compa-
gnie mal-gré moy encore assez long-temps, & tout com-
plaisant qu'il estoit de son naturel, il le fut alors si peu, que
ie fus contrainte de le chasser.
Aussi-tost que i'eus fermé la
porte de ma chambre, ie cou-

rus dans ma garderobbe pour
tirer Andrade de prison. Marine ouurit à la haste le grand
coffre où elle l'auoit mis,
& pensa mourir d'affliction
& d'effroy aussi bien que
moy, quand nous le trouuâ-
mes sans poulx & sans mou-
uement, comme vn homme
mort, & qui l'estoit en effect,
selon toutes les apparences.
Figurez-vous en quelle peine
terrible ie me deus trouuer, &
quel party i'auois à prendre
en vne extremité pareille. Ie
pleuray; ie m'arrachay les cheueux; ie me desesperay, & ie
croy que i'eusse eu assez de re-

solution pour me percer le
sein du poignard d'Andrade,
si mon extreme douleur ne
m'euſt cauſé vne foibleſſe qui
me contraignit de me ietter
ſur le lict de Marine. Cette
fille, quoy qu'affligée autant
qu'elle le pouuoit eſtre, côſer-
ua plus de iugement que moy
dans noſtre cômun mal-heur,
& tâcha d'y apporter le remede, dont foible comme
i'eſtois, ie n'euſſe pas eſté capable de me ſeruir, quand
i'aurois conſerué aſſez d'eſprit pour le faire. Elle me di,
ſoit que peut-eſtre Andrade
n'eſtoit qu'euanoüy, & qu'vn

Chirurgien, ou par la ſaignée,
ou par quelque autre prompt
ſecours , pouuoit luy redon-
ner la vie qu'il ſembloit auoir
perduë. Ie la regardois ſans luy
répondre , ma douleur m'a-
yant renduë comme ſtupide.
Marine ne perdit point le téps
à me conſulter dauantage ; elle alla pour executer ce qu'elle venoit de me propoſer :
mais auſſi-toſt qu'elle eut ouuert la porte pour ſortir, mon
Beau-frere Dom-Louis entra
où nous eſtions , & ce ſecond
mal - heur nous fut encore
plus terrible que le premier.
Quand le corps d'Andrade

n'euſt pas eſté expoſé à ſa
veuë, comme il eſtoit, la con-
fuſion & l'eſtonnement qui
paroiſſoit ſur nos viſages,
luy euſt fait ſoupçonner
que nous faiſions quelque
choſe de fort eſtrange, qu'il
n'euſt pas manqué de vouloir
découurir, prenant en moy
la part qu'il faiſoit, & par l'in-
tereſt d'vn Beau-frere, & par
celuy d'vn Amant. Il fallut
donc que ie me iettaſſe aux
pieds d'vn homme, que i'a-
uois veu ſi ſouuent aux miens,
& que me fiant en l'amour
qu'il auoit pour moy, & en la
generoſité qui deuoit eſtre

inseparable de sa qualité de
Gentil-homme, ie soûmisse
à sa volonté absoluë tout ce
que i'auois de plus cher. Il fit
ce qu'il pût pour me releuer;
mais m'estant opiniastrée à
demeurer à genoux, ie luy appris ingenuëment autant que
mes larmes & mes sanglots le
purent permettre, le cruel accident qui m'estoit arriué,
dont ie ne doute point qu'il
n'eust en son ame vne extréme
ioye. Dô-Louis, luy dis-ie, ie
n'implore point icy ta genero-
sité pour prolonger ma vie de
quelques iours ; mon mal-
heur me la rend assez odieuse

pour me donner la force de
me l'oster moy-mesme, si ie
ne craignois que mon deses-
poir ne s'expliquast aux dépens de mon honneur, de qui
celuy de Dom-Sanche, &
mesme sa vie sont peut-estre
inseparables. Tu peux croire
que les dédains que i'ay eus
pour toy ont esté les effets de
mon auersion, plustost que
de ma vertu : tu peux te ré-
jouïr de ma disgrace, & mesme la faire seruir à ta vengean-
ce : mais oseras-tu m'imputer
vn crime que tu m'as voulu
apprendre, & manqueras-tu
d'indulgence à qui en a tant

eu pour toy ? Dom-Louis ne
me laiſſa pas parler dauátage:
Vous voyez, Madame, me
dir-il, que le Ciel vous a iuſte-
mḗt punie d'auoir ſi mal choi-
ſi ce que vous deuiez aymer,
& ce que vous deuiez haïr:
mais ie n'ay point de temps à
perdre pour vous faire voir,
vous tirant de peine, que
vous n'auez pas vn meilleur
amy dans le monde que Dom-
Loüis. Il me quitta là deſſus,
& reuint vn moment apres,
auec deux hommes de ceux
qui gaignent leur vie à porter
des fardeaux, qu'il auoit en-
uoyé chercher par vn de ſes

gens. Marine & moy cepen-
dant auions remis le corps
d'Andrade dans le grand coffre. Dom - Louis ayda luy-
mefme à le charger fur les é-
paules de ces hommes, & le
fit conduire chez vn de fes
amis, à qui il decouurit cette
auanture, côme il lui auoit dé-
ia fait confidence de l'amour
qu'il auoit pour moy. Là,
apres auoir fait tirer hors du
coffre le corps d'Andrade, il
le fit eftendre fur vne table, &
tandis qu'on luy oftoit fes habits, luy ayant tafté le poulx,
& mis la main à l'endroit du
corps où l'on fent le battemét

du cœur, il reconnut qu'il
n'eſtoit pas encore mort. On
enuoya querir vn Chirurgien
en diligence, tandis qu'on le
mit dans vn lit, & que par
tous les remedes dont on ſe
peût ſeruir, on tâcha de le
faire reuenir. Il reuint à ſoy;
il fut ſaigné; on laiſſa vn laquais aupres de luy ; & on
ſortit de la chambre pour
donner temps à la nature &
au repos d'acheuer ce que les
remedes auoient commencé.
Vous - vous pouuez figurer
quel fut l'eſtonnement d'Andrade, quand apres ce long
éuanouiſſement, il ſe trouua dans vn lit, ſe reſouue-

nant seulement de la peur
qu'il auoit euë; qu'on l'auoit
fait entrer dans vn coffre; &
ne sçachant où il estoit, & ce
qu'il auoit à esperer ou à crain
dre. Il estoit dans cette terrible inquietude, quand il ouit
ouurir la porte de la chambre,
& qu'apres que les rideaux du
lict furent tirez, il vit à la
lueur des flambeaux qu'on
apporta, Dom-Louis qu'il sçauoit bien estre mon Beau-frere, & qui ayant pris vne chaize, luy parla en ces termes. Me
connoissez-vous bien, Sei-
gneur Andrade? & ne sçauez-
vous pas bien que ie suis le

frere de Dom-Sanche? Ouy,
luy répondit Andrade, ie le
ſçay bien : & vous ſouuenez-
vous , luy dit encore Dom-
Louis, de ce qui vous eſt auiourd'huy arriué chez luy : Et
ie vous iure , pourſuiuit-il,
que ſi vous pretendez encore
de galantizer ma belle-ſœur,
& ſi l'on vous voit iamais dãs
ſa ruë, qu'il n'y a rien que ie
n'entreprenne contre vous,
& ſçachez que vous ſeriez ſans
vie, ſi ie n'auois eu pitié d'v-
ne folle & mal-heureuſe femme qui s'eſt fiée en moy, & ſi
ie n'eſtois aſſeuré que les cri-
minels deſſeins que vous auez

eus enfemble contre l'honneur de mon frere, n'ont pas
efté executez. Changez de
demeure, adioufta-t-il, & ne
penfez pas vous pouuoir cacher à mon reffentiment, fi
vous manquez à la parole que
ie veux que vous me donniez.
Andrade luy euft promis encore dauantage. Il luy fit les
plus lâches foumiffions dont
il fe puft auifer, & luy prote-
fta qu'il vouloit luy deuoir
vne vie qu'il luy auoit pû
ofter. Sa foibleffe eftoit affez
grande pour l'obliger à garder
le lit : mais l'effroyable peur
qu'il auoit euë, luy donna des
forces

forces pour ſe leuer. Il con-
ceut dés-lors vne auerſion
pour moy auſſi grande qu'a-
uoit eſté l'affection qu'il m'a-
uoit portée, & mon nom
meſme luy fut en horreur.
I'eſtois cependant bien en
peine de ſçauoir ce qu'il eſtoit
deuenu, & ie n'auois pas l'aſ-
ſeurance de m'en informer de
Dom-Louis, non plus que
de leuer les yeux deuant les
ſiens. I'enuoyay Marine au
logis d'Andrade, où elle arriua dans le temps qu'il y eſtoit
deſia arriué, & qu'il faiſoit
enleuer ſes hardes, pour aller
loger d'vn autre coſté de la

E

ville. Aussi-tost qu'il la vit,
il luy deffendit de le venir iamais trouuer de ma part, &
luy ayant dit en peu de paroles tout ce qui s'estoit passé
entre Dom-Louis & luy, il
adiousta que i'estois la plus ingrate & la plus perfide femme du monde ; qu'il ne me
consideroit plus que comme
vne personne qui l'auoit voulu perdre, & que ie ne son-
geasse non plus en luy, que si
ie ne l'auois iamais connu.
Apres ces paroles, il chassa
Marine qui en demeura bien
surprise ; mais quelque estonnement que luy eust causé vn

fi mauuais traittement , elle
eut l'efprit de le fuiure de
loin , iufqu'où il fit porter fes
hardes , & ainfi elle apprit fon
logis. Le déplaifir que i'eus d'e-
ftre accufée d'vne méchâceté
dont i'eftois innocéte , & d'e-
ftre haïe d'vn hôme que i'aymois tant , & pour qui i'auois
hazardé ma vie & mon hon-
neur, ne me permit pas de ref-
fentir toute la ioye que i'aurois euë de ce qu'il eftoit hors
de peril. Ie tombay dans vne
melancolie qui me rendit malade , & ma maladie inconnuë aux Medecins, affligea ex-
trémement mon Mary. Pour

acheuer mon infortune,
Dom-Louis commença de
se preualoir du seruice important qu'il m'auoit rendu, me
demandant incessamment ce
que i'auois bien voulu donner à Andrade, & me repro-
chant que ie l'auois aymé, lors
que ie luy representois ce que
ie deuois à vn Mary, & ce
qu'il deuoit à vn frere. Ainsi
haïe de ce que i'aymois, aymée de ce que ie haïssois; ne
voyant plus Andrade, voiant
trop souuent Dom-Louis, &
m'accusant incessamment à
moy-mesme d'auoir esté ingrate au meilleur Mary du
monde, qui mettoit tout en

vſage pour me plaire, & qui
ſe deſeſperoit de mon mal,
dans le temps qu'il auoit tous
les ſuiets du monde de m'o-
ſter la vie ; ainſi donc tour-
mentée du remors de ma
conſcience, d'amour, & de
haine, deux paſſions ſi con-
traires, ie garday le lit pédant
deux mois, attendant la mort
auec ioye : mais le Ciel me re-
ſeruoit à de plus grands mal-
heurs. Ma ieuneſſe me ſecourut, malgré moy, contre ma
triſteſſe inconſolable. Ie repris ma ſanté, & Dom-Louis
me perſecuta encore plus qu'il
n'auoit iamais fait. I'auois

donné ordre à mes femmes, &
particulierement à Marine, de
ne me laisser iamais seule auec
luy. Enragé de cét obstacle,
& de la resistance que ie luy
faisois, il resolut d'obtenir par
la plus noire trahison qui ait
iamais esté conceuë dans vn
esprit scelerat, ce que ie luy
refusois auec tant de constan-
ce. Ie vous ay desia dit qu'on
entroit de sa maison dans la
nostre par vne porte qui ne se
fermoit que rarement. La
nuit qu'il choisit pour l'execution de son damnable dessein, & à l'heure qu'il crut
chez nous & chez luy que
tout le monde estoit endor-

my, il entra par cette porte ;
ouurit celle de la ruë, & dé-
tacha tous les cheuaux, de
noſtre écurie, qui eſtoient en
grand nombre , & qui s'é-
chapperent auſſi-toſt par la
cour, & de la cour, dans la ruë.
Le bruit qu'ils firent, éueilla
bien-toſt ceux qui en auoient
le ſoin, & meſme mon Mary.
Il auoit la paſſion des cheuaux : auſſi-toſt qu'il ſceut
que les ſiens eſtoient échap-
pez dans la ruë, il y courut
couuert d'vne robbe de chambre , s'emportant furieuſe-
ment contre ſes palefreniers,
& contre le portier qui n'a-
uoit pas eu le ſoin de fermer la

grand'porte. Dom-Louis qui
s'estoit caché dans mon anti-
chambre, & qui en auoit veu
sortir mon Mary, descendit
dans la cour quelque temps
apres luy, & ayant fermé la
porte de la ruë, & attendu
quelque temps pour donner
plus de vray-semblance à ce
qu'il vouloit faire, il se vint
coucher aupres de moy, faisant si bien le personnage de
mon Mary, qu'il estoit diffi-
cile que ie ne m'y trompasse.
Il auoit grand froid d'auoir
esté long-temps en chemise;
bon Dieu, Monsieur, luy dis-
je, que vous estes froid ! Il est
vray, me répondit-il, con-

trefaifant fa voix, i'ay peur de
m'eftre morfondu dãs la ruë:
Et vos cheuaux, luy deman-
day-ie, font-ils repris? mes
vallets font encore à les re-
prendre, me repartit-il, & en
fuite s'aprochãt de moy comme pour fe réchauffer, & me
faifãt forces careffes, il acheua
de me trahir, & de deshonorer
fon frere. Que fi le Ciel le permit, il voulut peut-eftre me
referuer la punition d'vn fi
grand crime, afin que mon
honneur fût reftabli par moy-
mefme, & mon innocence
reconnuë. Ayant fait ce qu'il
auoit voulu faire, il feignit
d'eftre en peine de fes che-

uaux ; il se leua d'aupres de moy ; alla ouurir la porte de la ruë , & se retira dans son logis , tout fier peut-estre de son crime , & se resiouïssant de ce qui deuoit estre la cause de sa perte. Mon Mary reuint bien-tost apres, & s'estant ietté dans le lit, s'approcha de moy , gelé comme il estoit, & m'obligea par des caresses que ie trouuay extraordinaires, de le prier de me laisser dormir. Il le trouua estrange ; ie m'en estonnay ; & ne doutay plus de la trahison que l'on m'auoit faite. Ie n'en pus fermer les yeux jusqu'au iour. Ie me leuay de meilleure heu-

re que ie n'auois accouftu-
mé. I'allay à la meffe, & i'y
trouuay Dom-Louis extra-
ordinairement paré, & le vifage auffi gay que le mien é-
toit trifte & feuere. Il me pre-
fenta de l'eau-benifte, que ie
receus auec beaucoup de froideur, & luy, me regardât auec
vn fouris malicieux; Hé bon
Dieu, Madame, que vous
eftes froide! A ces paroles les
mefmes que ie luy auois dites,
& qui ne me laifferent plus
douter de mon mal-heur, ie
pâlis, & ie rougis auffi-toft
d'auoir pâly. Il put connoiftre dans mes yeux, & par le

defordre où m'auoient mis
ces paroles, combien i'eſtois
offencée de ſon inſolence. Ie
le quittay ſans le regarder. Ie
paſſay tout le temps de la Meſ-
ſe auec l'inquietude que vous-
vous pouuez imaginer, & i'en
donnay beaucoup à mon Ma-
ry, quand pendant le dîner,
& tout le reſte du iour, ie ne fis
que réver, & ne pus m'em-
peſcher de ſoûpirer inceſſamment, & de faire voir le trouble de mon eſprit, quelque effort que ie fiſſe de le diſſimu-
ler. Ie me retiray dans ma
chambre pluſtoſt que de cou-
ſtume, feignant vne legere

indifpofition. Ie fis cens def-
feins differens de me venger.
Enfin, ma fureur m'en infpi-
ra vn auquel ie m'arreftay.
L'heure de fe coucher eftant
venuë, ie me mis au lit en mefme temps que mon Mary. Ie
feignis de dormir pour l'obliger à en faire de mefme, &
lors que ie le vis endormy, &
que ie crus que tous nos domeftiques l'eftoient auffi, ie
me leuay, ie pris ſõ poignard;
& toute infenfée, & aueuglée
de ma paffion que i'eftois, i'en
fus pourtant fi bien conduite,
que par la mefme porte, &
par la mefme voye par où

mon cruel ennemy s'estoit ve-
nu mettre dans mon lit, ie me
trouuay aupres du sien. Ma
fureur ne me fit rien precipi-
ter. De la main que i'auois
libre, ie cherchay son cœur,
& lors que son battement me
l'eut découuert, la crainte de
manquer mon coup, ne fit
point trembler la main que
i'auois armée d'vn poignard :
elle l'enfonça deux fois dans
le cœur du detestable Dom-
Louis, & le punit d'vne mort
plus douce qu'il ne l'auoit me-
ritée. Dans la rage où i'estois,
ie luy donnay encore cinq ou
six coups de poignard, & ie

reuins dans ma chambre auec
vne tranquillité, qui me témoignoit à moy-mesme, que
ie n'auois iamais rien fait auec
plus de satisfaction. Ie remis
le poignard de mon Mary
tout sanglant qu'il estoit dans
son fourreau ; ie m'habillay
auec la plus grande haste & le
moins de bruit que ie pus ; ie
pris sur moy tout ce que i'a-
uois de pierreries & d'argent,
& aussi emportée de mon a-
mour, que troublée du coup
que ie venois de faire, ie qui-
tay vn Mary qui m'aymoit
plus que sa vie, pour me ietter entre les bras d'vn ieune-

homme, qui auoit bien voulu depuis péu de temps me faire sçauoir que ie luy estois de-
uenuë odieuse. La timidité
de mon sexe fut si bien forti-
fiée par toutes les impetueu-
ses passions dont i'estois agi-
tée, que seule, & la nuit, ie fis
tout le chemin de mon logis
iusqu'à celuy d'Andrade, auec
autant d'asseurance, que si
i'eusse fait vne bonne action
en plain iour. Ie frappay à la
porte d'Andrade qui n'estoit
pas chez luy, s'estant embar-
qué au jeu chez vn de ses
amis. Ses valets qui me reconnurent, & qui ne furent
pas

pas peu surpris de me voir, me
receurent auec beaucoup de
respect, & m'allumerent du
feu dans la chambre de leur
maistre. Il arriua vn moment
apres, & ie croy bien qu'il ne
s'attendoit pas à me trouuer
dans sa chambre. Aussi-tost
qu'il me vit, il me dit d'vn vi-
sage égaré: Hé qui vous amei-
ne icy, Madame Eugenie? &
que voulez-vous encore de-
mander à vne personne que
vous auez voulu sacrifier à la
jalousie d'vn Beau-frere que
vous aymez? Ha Andrade, luy
répondis-je, expliquez vous si
mal vn accident ineuitable,

qui me força d'auoir recours à
l'homme du monde à qui ie
craignois le plus d'estre obligée ? Et deuez vous faire vn ju-
gement si desauātageux d'vne
personne qui vous a tant donné de preuues de son affection?
I'attendois de vous autre chose que des reproches , & vous
ne seriez plus en estat de m'en
faire, si ie n'auois fait l'action
que vous me reprochez , &
que vous voulez faire passer
pour vn crime. Ha si i'en ay
fait vn, ce n'est pas cōtre vous;
mais contre vn Mary qui me
deuoit estre cher ; à qui i'ay
esté ingratte , pour ne vous

l'eſtre pas , & que ie quitte
pour venir trouuer vn cruel
qui me maltraitte. Quand voſtre mort que ie crus veritable
m'eut miſe dans le deſeſpoir
où pouuoit eſtre vne femme,
qui n'attendoit que l'heure de
ſe voir ſurpriſe par vn Mary,
& quand Dom-Louis me ſur-
prit en cét eſtat ſi deplorable,
que pouuois ie faire que de me
fier à ſa generoſité & à l'amour
qu'il auoit pour moy ? Il s'en
eſt preualu le traiſtre aux de-
pens de mon honneur; mais
ç'a eſté auſſi aux dépens de ſa
vie que ie luy viens de faire
perdre : c'eſt mon cher An-

drade ce qui m'amene icy. Il
faut que ie me cache à la Iuſtice, tāt que l'on ſçache quel eſt
le crime de Dō-Louys, & quel
a eſté mon mal-heur. I'ay de
l'argent & des pierreries en
aſſez grande quantité, pour
vous faire viure auec éclat en
quelque lieu d'Eſpagne où
vous vouliez accompagner
mon infortune ; cependant
le temps fera voir à tout le
monde que ie ſuis plus digne
de pitié que de blâme, & ma
conduite vous iuſtifiera mes
actions paſſées. Ouy, ouy,
m'interrompit-il, i'iray prendre la place de Dom-Louis

dont tu t'es laſſée , pour eſtre
comme luy tué quand tu te
laſſeras de moy. Ha ! femme
laſciue , continua-t-il, que
cette derniere méchanceté
me confirme bien dans la
croyance que i'auois que tu
m'as voulu ſacrifier à ton Galant : mais tu n'en ſeras pas
quite pour des ſimples reproches , & ie ſeray pluſtoſt le
bourreau de ton crime , que
le complice. En acheuant ces
paroles , il me dépouïlla auec
violence , & d'vne cruauté
qui fit horreur à ſes propres
valets, il me dóna cent coups,
nuë comme i'eſtois , & apres

auoir saoulé sa rage iusqu'à se
lasser, il me mit dans la ruë,
où si ie ne vous auois heureu-
sement trouué, ie serois desia
morte, ou entre les mains de
ceux qui peut-estre me cher-
chent. En acheuant de parler, elle fit voir à Dom-Garcias les meurtrisseures de ses
bras, & des parties de son
corps que l'honnesteté luy
permettoit de monstrer, & reprit ainsi la parole. Vous auez
ouy, genereux Dom-Garcias,
ma déplorable histoire. Don-
nez-moy conseil, ie vous en
coniure, sur ce que doit faire
vne mal-heureuse qui a causé

tant de desordres. Ha , Madame , l'interrompit Dom-
Garcias , que ne m'est-il aussi
aisé de vous donner conseil,
qu'il me sera aisé de punir
Andrade , si vous me le per-
mettez! Ne m'ostez pas l'honneur de vous véger, & ne crai-
gnez point d'employer à tout
ce que vous voudrés entrepré-
dre vn homme qui n'est pas
moins sensible à vostre mal-
heur, qu'à l'offence qu'ő vous
a faite. Dom-Garcias luy dit
ces paroles d'vne chaleur qui
fit bien voir à Eugenie , qu'il
auoit pour elle autât d'amour
que de pitié. Elle le remercia

auec les plus obligeantes paroles, que sa ciuilité & sa re-
connoissance purent choisir,
& elle le pria de prendre la
peine de retourner chez son
Mary, pour s'informer plus
amplement de ce qu'on disoit
de sa fuite, & de la mort de
Dom-Louis. Il y arriua dans
le temps qu'on menoit en prison Dom-Sanche, ses dome-
stiques & ceux de Dom-
Louis, qui auoient deposé
que leur Maistre auoit esté
amoureux d'Eugenie. La porte commune qu'on trouua
ouuerte, & le poignard de
Dom-Sanche encore sanglant,
le conuainquoient en quel-

que façon du meurtre de son
frere, dont il estoit aussi innocent qu'affligé. La fuite de sa
femme, ses pierreries, & son
argent qui ne se trouuoient
point, le mettoient dans vn
estonnement dont il ne pouuoit reuenir, & luy donoient
plus de peine que ne faisoit sa
prison, & les procedures de la
iustice. Dõ-Garcias auoit im-
patience d'apprendre ces nouuelles à Eugenie : mais il ne le
put faire aussi viste qu'il en a-
uoit enuie. Vn de ses amis qui
auoit affaire à luy , l'arresta
long-téps dans la ruë où estoit
son logis, & ce fut par hazard
vis-à-vis de celuy d'Andrade,

d'où il vit fortir vn valet bot-
té, portant vne valife. Il le
fuiuit de loin accompagné
de fon Amy, & l'ayant veu
entrer dans le logis de la pofte, où il entra auffi, il
luy vit retenir trois cheuaux
qu'on deuoit venir monter
dans vne demy-heure. Dom-
Garcias le laiffa fortir, &
arrefta auffi le mefme nombre de cheuaux pour la mefme heure. Son Amy luy de-
manda ce qu'il en vouloit faire: il luy promit de le luy dire,
s'il vouloit eftre de la partie,
à quoy l'autre confentit fans
fe mettre dauantage en peine

de ce que c'eſtoit. Dom-Garcias le pria de s'aller botter, &
de l'attendre à la poſte, tandis qu'il feroit vn tour en ſon
logis. Ils ſe ſeparerent ainſi, &
Dom-Garcias alla retrouuer
Eugenie, pour luy apprendre
ce qu'il ſçauoit de ſon affaire,
& pour donner à ſon hoſteſſe, qui eſtoit vne femme en
qui l'on ſe pouuoit fier, tous
les ordres neceſſaires pour
faire trouuer à Eugenie des
habits, & la mettre en eſtat
de ſe faire porter la nuit meſme dans vn Conuent, dont la
Superieure eſtoit ſa parente
& ſon amie. Il donna en ſui-

tevn ordre secret à son laquais
de porter chez cet Amy qu'il
venoit de quiter vn habit de
campagne , & des bottes ,
& ayant recommandé à
son Hostesse d'auoir bien soin
d'Eugenie , & de la cacher
aux yeux de tout le monde, il
alla retrouuer son Amy, & alla auec luy à la Poste , où Andrade arriua vn moment A-
pres. Dom - Garcias luy demanda où il alloit : il luy dit
que c'estoit à Seuille. Nous
n'auons donc besoin que d'vn
Postillon , luy dit Dom-Garcias. Andrade y consentit, &
peut-estre considera dés lors

Dom - Garcias & son Amy, comme deux duppes dont il alloit gaigner l'argent. Ils partirent ensemble de Valladolid, & coururent assez longtemps, sans faire autre chose que de courir, comme on ne fait guere conuersation en courant la poste. Enfin, Dom-Garcias se voyant en vne campagne éloignée de toute sorte d'habitations, il crut estre en vn lieu propre pour son dessein. Il prit les deuans; reuint sur ses pas, & pria Andrade de s'arrester. Andrade luy demanda ce qu'il luy vouloit : ie veux , luy répondit

Dom-Garcias, me batre contre vous, pour venger si ie
puis, Eugenie, que vous auez
mortellement offencée par
l'action la plus lâche, & la
plus indigne d'vn homme
d'honneur que l'on puisse iamais imaginer : ie ne me re-
pens point de ce que i'ay fait,
luy repliqua fierement Andrade, sans paroistre surpris; mais
vous-vous pourriez bien re-
pentir de ce que vous faites,
Il estoit vaillant; il mit pied
à terre en mesme temps que
Dom-Garcias, qui en auoit
fait de mesme sans daigner
luy repartir, & ils estoient

desia en presence, l'épée à
la main, quand l'Amy de
Dom-Garcias leur dit qu'ils
ne se batroient pas sans luy,
& offrit de se batre contre
le valet d'Andrade, qui e-
stoit de bonne taille, & de
bonne mine. Andrade protesta que quand il auroit pour
second le plus grand Gladia-
teur d'Espagne, il ne se batroit point autremét que seul
à seul. Son valet sans se tenir
à la protestation de son Maistre, protesta aussi de son costé qu'il ne se batroit contre
qui que ce fust en quelque
maniere que ce pust-estre. Il

fallut donc que l'Amy de Dom - Garcias feruift de fpe-
ctateur, ou de Parrain aux combattans, ce qui n'eft pas nouueau en Efpagne. Le com-
bat ne dura pas long - temps: le Ciel fauorifa fi bien la bon-
ne caufe de Dom-Garcias que fon ennemy fe iettant fur luy auec plus d'impetuofité que d'adreffe, s'enferra luy - mefme, & tomba à fes pieds per-
dant fon fang & fa vie. Le vallet d'Andrade, & le Po-
ftillon auffi timides l'vn que l'autre, fe ietterent aux pieds de Dom-Garcias qui ne leur vouloit rien faire. Il commanda

manda au valet d'Andrade
d'ouurir la valife de fon maiftre, & d'y chercher tout ce
qu'Andrade auoit ofté à Eugenie. Il obeït auffi-toft, &
mit entre les mains de Dõ-Garcias vne mante, vne robe &
vne iuppe fort riches, & vne
petite caffette, dont la pefan-
teur faifoit iuger qu'elle n'e-
ftoit pas vuide. Le valet en
trouua la clef dans les po-
ches de fon maiftre, & la donna à Dom-Garcias qui luy dit
qu'il fift du corps de fon maiftre ce qu'il voudroit, le me-
naçant de le tuer, s'il le trouuoit iamais dans Valladolid.

G

Il commanda au Postillon de
n'y retourner qu'au commen-
cement de la nuit, & luy promit qu'il trouueroit à la poste
les deux cheuaux qu'il emme-
noit. Ie veux croire qu'il fut
obeï ponctuellement par ces
deux hommes qui mouroient
de peur, & qui croyoient luy
estre fort obligez de ce qu'il
ne les tuoit pas, comme il
auoit fait Andrade. On n'a
point sceu ce que son valet fit
de son corps; & pour ses hardes, il y a apparence qu'il s'en
rendit maistre. On n'a point
sceu aussi comment se gou-
uerna le Postillon en cette af-

faire. Dom-Garcias & son
Amy prirent le galop vers
Valladolid. Ils allerent def-
cendre chez l'Ambaffadeur
de l'Empereur, où ils auoient
des amis, & où ils demeure-
rent iufqu'à la nuit. Dom-
Garcias enuoya querir fon
valet, qui luy dit qu'Eugenie
eftoit fort en peine de ne le
voir point. Les cheuaux furent renuoyez à la pofte par
vne perfonne inconnuë, qui
fe retira adroitement, apres
les auoir rendus à vn valet d'é-
curie. On ne parla non plus
dans Valladolid de la mort
d'Andrade, que d'vne chofe

non arriuée, où si l'on en parla, ce fut comme d'vn Caualier tué par quelque ennemy inconnu, ou par des volleurs. Dom-Garcias retourna chez luy, où il trouua Eugenie habillée des habits que son hostesse auoit eu le soin de luy faire auoir : & ie veux croire qu'ō les prit à la friperie; car en Espagne les personnes de condition de l'vn & de l'autre sexe, s'y habillent, & s'y meublent, comme le reste du peuple. Il rendit à Eugenie ses hardes & ses pierreries, en particulier, & luy apprit de quelle façon elle estoit ven-

gée d'Andrade. Comme elle
eſtoit de bon naturel , elle fut
touchée de la mal-heureuſe
fin d'vne perſonne qu'elle
auoit beaucoup aymée, & la
penſée d'eſtre la cauſe de tant
d'effets tragiques, l'affligeant
autant qu'auoient fait ſes propres mal-heurs, luy fit encore
verſer beaucoup de larmes.
Ce iour là meſme, on auoit
fait publier dans Valladolid
que perſonne n'euſt à cacher
Eugenie, & qu'on donneroit
deux cens écus à qui en diroit
des nouuelles. Cela la fit re-
ſoudre à ſe retirer le pluſtoſt
qu'elle pourroit dans vn Con-

uent. Elle paſſa cette nuit là
auſſi peu trâquillement qu'elle auoit fait l'autre. Dom-
Garcias alla voir dés la pointe
du iour cette Superieure de
Conuent , qui eſtoit parente
d'Eugenie, qui luy promit de
la receuoir , & de la garder
ſecrettement, autant qu'elle
le pourroit faire. Il alla de là
loüer vn carroſſe, & le fit
arreſter en vne ruë écartée,
voiſine de la ſienne, où Eugenie ſe rendit , accompagnée
de l'hoſteſſe de Dom-Garcias,
l'vne & l'autre couuerte d'v-
ne mante. Le caroſſe les me-
na iuſqu'à vn certain lieu
qu'elles auoient enſeigné au

cocher, & où elles descendi-
rent afin qu'il ignorast le conuent, où Eugenie se deuoit
retirer. Elle y fut bien receuë;
l'hostesse de Dom - Garcias
prit congé d'elle, & alla s'informer en quel estat estoit l'affaire de Dom - Sanche. Elle apprit qu'elle alloit fort
mal pour luy, & que l'on
ne parloit pas moins que de
luy donner la question. Dom-
Garcias le fit sçauoir à Eugenie, qui fut si touchée
de voir son Mary en dan-
ger d'estre puny d'vn crime
qu'il n'auoit pas commis,
qu'elle prit resolution de s'aller mettre entre les mains de

la Iuſtice. Dom-Garcias l'en
deſtourna , & luy conſeilla
d'écrire pluſtoſt au Iuge Cri-
minel, qu'il n'y auoit qu'elle
qui luy peuſt apprendre qui
auoit tué Dom-Louis. Ce Iuge, qui ſe trouua heureuſe-
ment eſtre ſon parent, l'alla
trouuer auec d'autres Offi-
ciers de Iuſtice. Eugenie leur
confeſſa qu'elle auoit tué
Dom- Louis ; leur apprit le
iuſte ſuiet qu'elle auoit eu de
ſe porter à vne action ſi vio-
lente pour vne femme, & con-
ta le détail de tout ce qui s'e-
ſtoit paſſé entre Dom-Louis
& elle , à la reſerue de l'amour

d'Andrade. On écriuit tout ce
qu'elle confessa, & on en fit le
rapport deuant sa majesté Ca-
tholique, qui considerant la
grandeur du crime de Dom-
Louis, le iuste ressentiment
d'Eugenie, son courage, &
son action, l'innocence de
Dom-Sanche & de ses dome-
stiques, les fit remettre en li-
berté, & accorda la grace
d'Eugenie aux prieres de toute la Cour qui s'employa pour
elle. Son Mary ne luy sceut
point mauuais gré de la mort
de son frere, & peut-estre qu'il
l'en ayma dauantage. Il l'alla
voir à la sortie de prison, & fit

ce qu'il put pour la ramener
chez luy ; mais elle n'y voulut iamais confentir, quelques
inftantes prieres qu'il luy en
puft faire. Elle ne doutoit
point qu'il n'euft pris la mort
de Dom-Louis, comme il la
deuoit prendre : mais elle fça-
uoit bien qu'il auoit appris
quelque chofe de ce qui s'e-
ftoit paffé entre elle, & le Caualier Portugais; que le moindre fcrupule que donne l'honneur d'vne femme, peut fe
tourner en ialoufie dans l'efprit d'vn Mary; & diuife toft
ou tard l'amour coniugale la
mieux vnie. Le pauure Dom-

Sanche la visitoit souuent, &
tâchoit par les plus tendres
marques de tendresse qu'il luy
pouuoit donner, de l'obliger
à reuenir encore estre la
Maistresse absoluë de son bien
& de luy. Elle demeura fer-
me dans sa resolution; elle se
fit ordonner vne pension pro-
portionnée à sa condition, &
a son bien, & hors qu'elle n'accorda pas à Dom-Sanche de
retourner auec luy, elle vêcut
si obligeamment auec ce bon
Mary, qu'il auoit tous les su-
iets du monde de se louër d'elle. Mais tout ce qu'elle fit
dans le Conuent pour luy plai-

re, augmenta le regret qu'il
auoit de ne l'en pouuoir tirer.
Il en eut enfin vn si grand chagrin qu'il en fut malade, &
cette maladie le mit à la fin
de sa vie. Il coniura Eugenie
de luy donner la satisfaction
de la voir deuant que de la
quiter pour tousiours. Elle
ne put refuser ce funeste plai-
sir à vn Mary qui luy auoit esté
si cher; qui l'auoit tant aymée; & qui l'aymoit tant encore. Elle l'alla voir mourir,
& pensa mourir elle mesme
de douleur, luy voyant témoigner autant de ioye de l'auoir
veuë, que si elle luy eust rendu

la vie qu'il alloit perdre. Cette bonté d'Eugenie ne fut pas sans recompense : il la fit son vnique heritiere, & elle se vit par là, vne des plus belles & des plus riches vefues d'Espagne, apres s'estre veuë sur le point d'estre vne des plus malheureuses femmes du monde. L'affliction qu'elle eut de la mort de son Mary, fut grande, & ne fut pas feinte. Elle donna les ordres necessaires pour ses funerailles ; se mit en possession de son bien ; & retourna dans son Conuent, resoluë d'y passer le reste de ses iours. Ses parens luy proposerent les

meilleurs partis d'Espagne.
Elle prefera constamment
son repos à leur ambition, &
s'en trouuât trop persecutée,
aussi bien que d'vn grãd nombre de Pretẽdans que sa beauté, & son bien attiroient tous
les iours au parloir du Conuent où elle estoit, elle commença de n'estre plus visible
qu'au seul Dom-Garcias. Ce
ieune Gentil-homme l'auoit
seruie si à propos dans vne occasion si importante, & auec
tant de chaleur qu'elle ne le
pouuoit voir, sans se dire à soy-
mesme, qu'elle luy deuoit
quelque chose de plus que des

ciuilitez & des remerciments.
Elle auoit bien reconnu par
son train, & par son équipa-
ge qu'il n'estoit pas riche, &
elle estoit assez genereuse
pour luy offrir les assistances
qu'vne personne pauure peut
receuoir sans honte d'vne autre plus riche : mais dans le
peu de temps qu'elle auoit
esté chez luy , & par les con-
uersations qu'il auoit souuent
euës auec elle , il luy auoit fait
paroistre qu'il auoit vne belle
ame éleuée au dessus des com-
munes, & entierement déta-
chée de toute sorte d'interests,
horsmis de ceux de l'honneur.

Elle craignoitdonc de l'offen-
cer, luy faisât vn present auſſi
-riche que ſon humeur liberale
luy euſt pu inſpirer de le faire,
& ne craignoit pas moins de
luy donner mauuaiſe opinion
de ſa reconnoiſſance, ſi elle ne
luy dônoit pas des marques de
ſa liberalité. Mais ſi Dom-Garcias luy donnoit de la peine
en la maniere que ie vous vien
de dire, elle luy cauſoit vne
inquietude qui troubloit entierement le repos de ſon eſprit. Il eſtoit deuenu amoureux d'elle, & quand le reſ-
pect ne luy euſt pas empeſché
de le luy dire, comment euſt-
il oſé

il oſé parler d'amour à vne
femme, que l'amour venoit
d'expoſer à de ſi grands mal-
heurs, & meſme en vn temps
que l'air triſte de ſon viſage,
& ſes pleurs qui ne ceſſoienſt
point, faiſoient iuger que ſon
ame eſtoit encore trop pleine de ſa douleur, pour eſtre capable d'vne autre paſſion. Entre ceux qui rendoient viſite
à Eugenie, en qualité de ſes
tres-humbles eſclaues, pour
peut-eſtre deuenir apres ſes
Maiſtres, & Maiſtres difficiles
à contenter : entre ceux donc
qui s'eſtoient offerts à elle, &
qu'elle auoit refuſez, vn Dom.

H

Diegue se signala par son opi-
niastreté, n'ayant pas dequoy
se signaler par autre chose. Il
estoit sot autant qu'vn ieune-
homme le peut estre; brutal
comme vn sot; fâcheux comme vn brutal; & haï par tout
comme vn fâcheux. Il estoit
au reste mal fait du corps
comme de l'esprit, & aussi
pauure des biens de la fortune, qu'auide d'en auoir: mais
estant de l'vne des meilleures
maisons d'Espagne, & pro-
che parent d'vn des princi-
paux Ministres d'Estat, ce qui
ne seruoit qu'à le rendre inso-
lent, on le souffroit dans les

lieux où il alloit, à cause de sa
qualité, quoy qu'elle ne fust
soustenuë d'aucun merite. Ce
Dom-Diegue, tel que ie viens
de vous le depeindre, crut a-
uoir trouué en Eugenie tout
ce qu'il pouuoit souhaiter en
vne femme, & espera de l'obtenir facilement par le credit
des Puissances de la Cour, qui
luy promirent de la luy faire
épouser. Mais Eugenie ne fut
pas si facile à persuader sur
vne affaire de cette importan-
ce, qu'on se l'estoit imaginé,
& la Cour ne voulut pas faire en faueur d'vn particulier,
vne violence qui eust choqué

le public. La retraite d'Eugenie dans vn Conuent ; sa
constáce à n'en vouloir point
sortir; la resolution qu'elle prit
de n'y receuoir plus de visites,
& le refroidissement de ceux
qui protegeoient Dom-Die-
gue dans sa recherche, luy
osterent l'esperáce qu'il auoit
euë de l'obtenir sans peine.
Il se resolut de l'enleuer dans
son Conuent mesme , entre-
prise des plus criminelles qu'ó
puisse faire en Espagne, &
dót vn seul fou, tel qu'il estoit,
pouuoit estre capable. Il trouua pour de l'argent des gens
aussi fous que luy ; il donna

ordre d'auoir des cheuaux de
relais iufqu'à vn port de mer,
où l'attendoit vn vaiffeau ; il
força le Conuent ; il enleua
Eugenie ; & cette mal-heu-
reufe Dame eftoit la proye du
moins honnefte-homme du
monde , fi le Ciel ne luy euft
encore fait trouuer vn fecours
inefperé , lors qu'elle s'en
croyoit la plus abandonnée.
Vn homme feul que les cris
d'Eugenie attirerent à la ren-
contre de fes Rauiffeurs, s'op-
pofa à leur retraitte, & les em-
pefcha de paffer outre , auec
tant de valeur , qu'il bleffa
d'abord Dom-Diegue & plu-

fieurs de fes complices, & donna le temps aux Bourgeois
qui s'eftoient émus, & à la
Iuftice de fe rendre la plus for-
te, & de reduire Dom-Die-
gue, & fa trouppe à fe faire
tuer, ou à fe laiffer prendre.
Eugenie fut ainfi fecouruë;
mais deuant que de fe faire re-
mener dans fon Côuent, elle
voulut fçauoir ce qu'eftoit deuenu le vaillant homme, qui
auoit expofé fa vie fi genereu-
fement pour elle. On le trouua percé de plufieurs coups
d'épée, & ayant prefque perdu tout fon fang, auffi bien
que toute connoiffance. Eu-

genie le voulut voir , & elle
n'eut pas plutoft ietté les yeux
fur fon vifage qu'elle le reconnut pour Dom-Garcias.
Si fa furprife fut grande , fa
compaffion ne fut pas moindre, & elle en donna des té-
moignages fi paffiónez qu'on
euft pu les expliquer à fon def-
auantage, fi elle n'euft point
eu d'ailleurs vn iufte fuiet de
s'affliger. Elle obtint à force
de prieres qu'on ne portaft
point en prifon fon genereux
deffenfeur , que Dom-Diegue
mourant, comme il eftoit, &
fes complices , reconnurent
pour n'eftre pas de leur troup-

pe, & pour eſtre celuy qui les auoit ataquez. On le porta dãs la plus prochaine maiſõ, qui ſe trouua par hazard eſtre celle qui auoit eſté autrefois à Dõ-Sanche, qui eſtoit alors à Eugenie, & où elle auoit laiſſé tous ſes meubles, & quelques domeſtiques. On le mit entre les mains des meilleurs Chirurgiens de la Cour, & de la ville. Eugenie retourna dans ſon Conuent, & dés le lendemain fut contrainte d'en ſortir, & de reuenir chez elle, parce qu'on deffendit à tous les Conuents de Religieuſes de n'y plus receuoir

de seculieres. Le lendemain
Dom-Diegue mourut, & ses
parens eurent assez de credit
pourempescher qu'õ ne lui fist
pas sõ procez, tout mort qu'il
estoit ; mais on le fit à ses complices qui furent punis selon
qu'ils l'auoient merité. Eugenie cependant se desespe-
roit de voir Dom - Garcias
hors d'esperance de guerir ;
elle imploroit le secours du
Ciel ; elle offroit aux Chirurgiens de leur donner tout ce
qu'ils eussent voulu luy de-
mander ; mais leur art estoit
épuisé, & ils n'esperoient plus
qu'en Dieu, & en la ieunesse

du malade. Eugenie ne s'é-
loignoit pas du cheuet de son
lit, & elle luy rendoit la nuit
& le iour, des soins si assidus,
qu'ils pouuoient enfin la reduire à auoir besoin de ceux
des autres. Elle ouït souuent
prononcer son nom au malade dans les rêveries de sa fiévre, & dans les choses sans
suite, que son imagination
troublée luy faisoit dire, on
l'ouït souuent parler d'amour,
& tenir le discours d'vn homme qui se bat, ou qui se que-
relle. Enfin la nature aydée
des remedes surmóta la grandeur de son mal ; sa fiévre di-

minua; ses playes se firent voir
en meilleur estat ; & les Chirurgiens asseurerent Eugenie
de sa guerison, pourueu qu'il
ne luy suruint point d'autres
accidens. Elle leur en fit des
presens , & en fit faire des
prieres dans toutes les Eglises
de Valladolid. Ce fut alors
que Dom-Garcias sceut d'Eugenie que c'estoit elle qu'il
auoit sauuée, & qu'elle sceut
de luy comme il s'estoit trouué si à propos pour la secourir,
reuenant d'accompagner vn
de ses amis. Elle ne se pouuoit
taire deuant luy des obligations qu'elle luy auoit, & il

ne luy pouuoit cacher l'extreme ioye qu'il auoit de l'auoir
seruie si vtilement : mais il
auoit bien à luy apprédre vne
chose de plus grande impor-
tance. Vn iour que seule aupres de luy elle le coniuroit
de ne la laisser pas long-temps
ingrate, & de se seruir d'elle
en quelque importante occasion, il crut auoir trouué celle de luy découurir les verita-
bles sentimens qu'il auoit
pour elle. La pensée de ce
qu'il alloit faire le fit soûpirer;
il pâlit ; & le trouble de son
esprit fut si visible sur son vi-
sage qu'Eugenie eut peur qu'il

ne souffrist quelque grande
douleur. Elle luy demanda en
quel estat estoient ses blesseures : ha, Madame, luy répondit-il, mes blesseures ne sont
pas mes plus grands maux ; Et
qu'auez-vous donc, luy dit-
elle, fort effrayée. Vn mal-
heur, luy dit-il, qui est sans remede. Il est vray, repartit Eugenie, que vous estes mal-
heureux d'auoir esté si dan-
gereusement blessé pour vne
personne qui ne vous estoit
pas connuë, & qui ne valloit
pas la peine que vous - vous
missiez en danger de perdre la
vie pour elle. : mais c'est vn

mal-heur qui peut finir, puis
que vos Chirurgiens ne dou-
tent plus que vous ne guerif-
fiez bien-toſt : & c'eſt dont ie
me plains, s'écria Dom. Garcias : ſi i'auois perdu la vie en
vous rendant ſeruice, continua-t-il, i'aurois eu vne fin
glorieuſe, au lieu que ie vi-
uray malgré moy, & ſeray
long-temps le plus mal-heureux homme du mõde. Auec
les bonnes qualitez que vous
auez, ie ne vous croy pas ſi
mal-heureux que vous dites,
luy repartit Eugenie. Quoy,
Madame, luy dit-il, n'eſti-
mez-vous pas mal-heureux

vn homme qui connoît ce
que vous valez ; qui vous estime plus que personne du
monde ; qui vous aime plus
que sa vie ; & auec tout cela
qui n'auroit pas dequoy vous
meriter, quand la Fortune luy
auroit esté aussi fauorable,
qu'elle luy a tousiours esté
ennemie. Vous me surpre-
nez estrangement, luy dit-
elle en rougissant ; mais les
obligations que ie vous ay,
vous donnent vn priuilege
aupres de moy qu'en l'estat
où ie suis, ie ne laisserois pas
prendre à vn autre qu'à vous :
songez seulement à vous gue-

rir, ajousta-t-elle, & croyez
que vos mal-heurs ne dure-
ront pas long-temps, quand
il dépendra d'Eugenie de les
finir. Elle n'attendit pas qu'il
luy repartit, & luy épargna
par là, force complimens
qu'il luy eust fait peut-estre
fort mauuais, parce qu'il se
fust efforcé de les luy faire fort
bons. Elle appella ceux de ses
domestiques qui auoient soin
de luy, & sortit de sa chambre dans le temps que ses Chirurgiens y entrerent. La satisfaction de l'esprit est le sou-
uerain remede du corps malade. Dom-Garcias espera
des

des paroles d'Eugenie vn si
heureux succez pour son
amour, que son ame de cha-
grine qu'elle auoit esté comme celle d'vn Amant sans esperance, s'abādonna à la ioye,
& cette ioye seruit plus à le
guerir que tous les remedes
de la Chirurgie. Il guerit par-
faitement ; il quitta par bien-
seance la maison d'Eugenie;
mais non pas les pretentions
qu'il auoit sur son cœur.
Elle luy auoit promis de l'aymer, pourueu qu'il n'en don-
nast point de marques publi-
ques, & peut-estre qu'elle l'ai-

moit autant qu'elle en eſtoit
aymée : mais venant de perdre vn Mary , & d'auoir des
auantures qui l'auoient renduë le ſuiet ordinaire des en-
tretiens de toutes les compa-
gnies de la Cour & de la ville,
elle n'euſt pas voulu s'expoſer
encore aux iugemens teme-
raires , par vn mariage fait
hors de ſaiſon , & contre la
bien - ſeance. Enfin Dom,
Garcias ſurmonta toutes ces
difficultez par ſon merite,
& par ſa conſtance. Il eſtoit
bien fait de ſa perſonne à faire deſeſperer vn Riual.   Il.

estoit Cadet de l'vne des
meilleures maisons d'Arra-
gon, & quand il ne se fust pas
signalé à la guerre, comme il
auoit fait, les longs seruices
que son pere auoit rendus à
l'Espagne luy pouuoient faire
esperer de la Cour vne recompense aussi vtile qu'honora-
ble. Eugenie ne put tenir
long-temps contre tant de
bonnes qualitez, ny luy estre
plus long - temps redeuable
de toutes les obligatiós qu'elle luy auoit. Elle se maria
auec luy. La Cour & la ville
approuuerent son choix, &

affin qu'elle n'euft pas le
moindre fuiet de s'en repen-
tir, il arriua que peu de temps
apres le mariage, le Roy d'Efpagne donna vne Comman-
derie de Sainct Iacques à
Dom-Garcias. Et il eftoit dé-
ja arriué qu'il auoit fait connoiftre à fa chere Eugenie
dés la premiere nuit de fes
nopces , qu'il eftoit tout vn
autre homme que Dom-San-
che, & qu'elle auoit trouué en
lui ce qu'elle n'euft pas trouué
dans le Portugais Andrade.
Ils eurent beaucoup d'enfans,
parce qu'ils eurent grand foin

d'en faire, & l'on conte encore aujourd'huy en Espa-
gne leur histoire, que ie
vous donne pour vraye, comme on me la donnée.

FIN.

Sommauille, Marchand Libraire à Paris,
pour iouïr de l'effet d'iceluy, à l'égard de la-
dite piece, de l'Adultere Innocent, & ce
conformément au traité fait entr'eux.

Acheué d'Imprimer pour la premiere
fois le 22. iour de May 1656.

Les Exemplaires ont esté fournis.

Regiſtré ſur le Liure de la Communauté
le 22. Mars 1656. ſuiuant l'Arreſt du Par-
lement, du neufiéme Auril 1653.

www.ingramcontent.com/pod-product-compliance
Lightning Source LLC
Chambersburg PA
CBHW070801280626
47162CB00016B/1579